SOCIÉTÉ

DE

PROPAGANDE

RÉPUBLICAINE

DE LA LOIRE-INFÉRIEURE.

Assemblée Générale de 1883.

NANTES

IMPRIMERIE DU COMMERCE, RUE SCRIBE, 6.

Novembre 1883.

SOCIÉTÉ

DE

PROPAGANDE RÉPUBLICAINE

DE

LA LOIRE-INFÉRIEURE.

L'assemblée générale annuelle de 1883 de la Société de propagande républicaine a eu lieu le 19 octobre, dans la grande salle de l'Ecole des sciences, rue Voltaire.

La séance a été ouverte par M. Edouard Normand, président de la Société. L'assemblée a ensuite procédé à la nomination comme assesseurs de MM. Danais et Martin.

Lecture a été donnée de lettres de MM. Colombel, maire de Nantes, Martinet, vice-président du comité de Chantenay, et Hay, de Pannecé, s'excusant de ne pouvoir assister à la réunion.

M. Normand a rappelé ensuite en présence de quelle situation avait été nommée la commission actuelle. Il fallait ressusciter une société morte. Aussi le premier soin du président fut-il de s'assurer le concours de conférenciers en plus de ceux que pouvait fournir la commission.

Des promesses nombreuses furent faites mais toutes ne furent pas suivies d'exécution. Il est à noter que deux démissions seulement ont suivi l'année dernière la nomination de la commission nouvelle.

La Société a fait de son mieux, et partout où elle a été, son intervention a eu des résultats heureux. A l'origine on lui annonçait qu'elle serait entravée dans son œuvre et que ses conférenciers ne seraient pa-écoutés. Elle n'a fait que des réunions pus bliques, principalement dans des localités hostiles, et partout ses orateurs ont été acclamés. Dans une commune où une cabale avait été préparée par nos adversaires, les fermiers qui avaient été amenés à notre réunion pour la troubler, non-seulement n'en firent rien, mais se prononcèrent même pour nous après avoir entendu nos conférenciers.

Malheureusement nous n'avons pu aller partout et les élections pour le renouvellement partiel du conseil général ont prouvé l'importance de notre mission.

A deux exceptions près, partout où notre action s'était fait sentir, les candidats républicains ont trouvé un terrain préparé qui leur a facilité la victoire ; partout, au contraire, où nous n'avions pas été, les candidats républicains ont échoué.

C'est une revanche à prendre.

La Société n'a pas pu faire tout ce qu'elle aurait voulu. Mais la situation s'est grandement améliorée pour elle. A l'origine, il nous fallait provoquer nous-mêmes les conférences ; aujourd'hui on nous appelle. Ainsi, dans quelques jours, nous irons à Montoir, où nous sommes demandés.

Notre action dans l'arrondissement de Saint-Nazaire est importante, et nous avons des raisons de croire que cet arrondissement est désormais acquis à la République. Il en sera prochainement de même pour celui de Paimbœuf. Dans ceux d'Ancenis et de Châteaubriant, il reste beaucoup à faire. Mais ce qui est souverainement regrettable, c'est que la partie rurale de l'arrondissement de Nantes, à part la ville, le canton de Bouaye, Clisson, Vertou et Vallet, soit de tout le département la région où les idées républicaines font le moins de progrès.

La Société de propagande fera son possible pour agir sur cet arrondissement, mais, seule, elle n'y suffirait pas. Il est nécessaire que les républicains de la ville de Nantes agissent de leur initiative privée.

Il serait désirable aussi que les comités républicains de Nantes, qui sont sûrs de la majorité dans la ville, tournassent leur activité vers les campagnes voisines. Prenons garde. Le scrutin de liste sera certainement voté par la présente législature, et si nous n'avons pas, d'ici là, modifié la situation, notre département tout entier, avec la grande ville, qui est la capitale de toute la région, n'aura que des réactionnaires pour le représenter au Parlement.

Il faut donc que tout le monde fasse une propagande très active afin de gagner les populations à la République, que notre département ne figure plus parmi ceux qui sont déshérités, et que nous puissions avoir une représentation républicaine. C'est là le but qu'il faut atteindre, et j'ai la conviction profonde que tous les républicains sauront faire leur devoir.

Ces paroles sont accueillies par des applaudissements.

M. Champury, secrétaire, donne lecture du rapport suivant.

Messieurs,

Vous n'avez certainement pas oublié dans quelles circonstances difficiles fut nommée, le 4 septembre de l'année dernière, la commission de la Société de propagande républicaine de la Loire-Inférieure.

La Société, bien qu'elle comptât alors plus

d'une année d'existence, était restée dix mois consécutifs sans donner le moindre signe de vie ; la commission primitive avait suspendu complètement ses séances ; aucun lien ne semblait plus rattacher entre eux les sociétaires, et dans le public on commençait à croire que la Société était morte aussitôt que née.

Reprendre les travaux dans des conditions semblables, rendre son activité, son prestige, son influence à une Société dont les débuts avaient été aussi fâcheux, n'était pas chose facile. En effet, lorsqu'il s'agit de ramener l'activité là où elle a disparu, on se heurte à plus d'obstacles que lorsqu'il faut l'y introduire à l'origine. Chez beaucoup de personnes, la confiance de la première heure disparaît quand survient le premier échec ; il leur semble que les entreprises les plus difficiles doivent être rapidement couronnées de succès sous peine d'avorter finalement, et le même homme qui prête un concours efficace à une première tentative se décourage si elle n'atteint pas de suite le but désiré, augure mal d'une seconde et se désintéresse assez généralement du sort qu'elle peut avoir.

Eh bien, messieurs, vous verrez, par l'exposé que je vais avoir l'honneur de faire devant vous, que, malgré les conditions défavorables dans lesquelles la Société se trouvait il y a un an, votre commission a su non-seulement la relever, non-seulement lui rendre la vie et la confiance, mais encore, mais surtout la faire connaître au dehors, la faire pénétrer là même où la parole républicaine n'avait jamais été entendue, lu faire prendre racine dans les terrains réputés pour être le plus hostiles à son développement, la faire participer ou prendre à elle seule l'initiative de créations utiles, pratiques, durables, qui rendent déjà des services réels et qui sont appelées à en rendre de bien autrement considérables dans l'avenir.

A peine nommée votre commission s'occupa d'entreprendre ses travaux et déjà le 14 septembre, ayant, conformément aux statuts, constitué elle-même son bureau, elle mit à l'étude l'organisation de la propagande par la parole.

Tout était à faire. La Commission démissionnaire n'avait laissé que des listes d'adhésion et une correspondance arriérée très volumineuse. Aucun renseignement ni sur les forces du parti dans les cantons ruraux, ni sur la possibilité de trouver des locaux de conférence, ni sur les républicains notables sur le concours desquels on pouvait compter. Force nous fut, pour ne pas marcher à l'aveugle, de nous livrer à une enquête complète, comme si la société n'avait jamais existé auparavant.

Cette enquête, qui nous a fourni déjà de nombreux et précieux renseignements et qui, à l'heure qu'il est, se poursuit encore, fut menée avec assez d'activité pour que plusieurs conférences pussent être rapidement organisées.

Déjà le 8 octobre, c'est-à-dire moins d'un mois après la constitution du bureau, nous allions dans une localité où jamais conférence républicaine n'avait été faite, à Saint-Père en-

Retz. Ce n'est point par hasard que la préférence avait été donnée à cette ville ; la commission l'avait choisie pour deux raisons : d'abord parce qu'elle est le point le plus central de celui des arrondissements ruraux où nous avons le plus de chance de gagner rapidement du terrain ; ensuite parce que le canton de Saint-Père-en-Retz, passe, et non sans raison, pour l'un des plus inféodés à la politique réactionnaire.

En effet, si votre commission s'interdit de la manière la plus formelle toute intervention dans les luttes électorales, si elle se refuse à patroner ou à combattre les candidats, si elle est parfaitement résolue à livrer des batailles de principes et non des combats de personnes, elle estime, par contre, qu'elle manquerait à son devoir le plus sacré si elle n'allait pas de préférence répandre la lumière au milieu des populations encore assez plongées dans l'erreur pour porter aux fonctions électives les ennemis avérés du régime républicain.

La conférence de Saint-Père-en-Retz réussit au-delà de toutes les prévisions. La parole y fut portée par notre président et notre 1er vice-président, M. Normand et M. Martin ; il paraît que les choses dites inquiétèrent nos adversaires, car peu de jours plus tard ils organisaient de leur côté, dans la même ville, une réunion privée dont M. Le Romain fut l'orateur.

Afin de donner plus de retentissement encore à cette conférence, le nº du *Petit Phare* qui en contenait le compte-rendu, avec le discours de

M. Normand *in-extenso*, fut distribué dans la région, aux frais de la Société, à 1,500 exemplaires, savoir :

250 par les soins de M. Vallée, maire de St-Père-en-Retz ;

250 par les soins de M. Delattre, alors agent-voyer à St-Père-en-Retz ;

250 par les soins de M. Padioleau, à Paimbœuf ;

250 par les soins de M. Tarra, à Paimbœuf ;

250 par les soins de M. Rabaud, à Pornic ;

125 par les soins de M. Lemoine, alors à Basse-Indre ;

125 par les soins de M. Bertreux, au Pellerin.

Cette distribution fut faite autant que possible dans les campagnes.

Dans la seule commune de Frossay, réputée pour sa fidélité aux principes réactionnaires, plus de 100 exemplaires furent donnés. En outre, notre président, de ses deniers personnels, fit tirer la conférence en brochure à 2,000 exemplaires, qui furent vendus ou distribués gratuitement dans un grand nombre de petites localités.

Il est impossible que ces distributions, ajoutées au tirage habituel du *Phare de la Loire* et du *Petit Phare* qui publiaient l'un et l'autre ce compte-rendu, n'aient pas eu quelque influence dans le canton où avait eu lieu notre première conférence. Aucun candidat républicain ne s'y étant présenté aux élections pour le Conseil général il n'est pas possible de se rendre exactement compte du terrain gagné, mais, ce qui est de la dernière certitude c'est que l'on compte aujourd'hui tout un groupe de républicains dans celle des communes de ce canton qui paraissait le plus particulièrement réfractaire à toute propagande républicaine, à Frossay.

Trois semaines plus tard, le 29 octobre, à Machecoul cette fois, autre centre réactionnaire, une deuxième conférence eut lieu. C'est M. Labbé, professeur au Lycée de Nantes, et M. Champury qui la firent. Elle réussit aussi parfaitement que la première et à son issue un comité local de notre Société fut constitué séance tenante. Ce comité fonctionne depuis lors ; il a organisé de son initiative des conférences.

Peu de temps après, le comité républicain de Doulon demanda le concours de la Société. Une première réunion, organisée par les soins de ce comité, eut lieu dans un local, rue de la République, malheurensement insuffisant. Deux torateurs de votre commission y prirent part, MM. Martin et Champury, trois de nos sociéaires, MM. Salmon, Sébire et Audigier, les appuyèrent de leur parole.

Le 11 novembre, une conférence plus largement organisée fut donnée dans la même localité, cette fois dans le vaste établissement du Chalet. La parole y fut portée par MM. Normand, Colombel et Champury.

Vers le même temps, à Pont-Rousseau, quelques personnes qui caressaient depuis plus d'une année l'espoir de posséder une bibliothèque populaire dans la localité — et parmi elles un des membres de votre commission, M. Fiolin — s'adressèrent à nous, nous demandant d'organiser une conférence dans ce but. Un de nos sociétaires de la commune de Rezé, M. Chupiet, s'était même engagé à verser 100 francs entre nos mains si nous fondions une bibliothèque dans cette commune. La fondation de la bibliothèque fut décidée, la souscription touchée et attribuée à sa destination et une conférence donnée, le 10 décembre, aux Trois-Moulins, par MM. Normand, Van Iseghem et Champury.

Cette bibliothèque a réussi à merveille et si même notre activité dans l'année qui vient de s'écouler n'avait pas eu d'autre résultat tangible, celui ci est si brillant qu'il suffirait à lui seul à prouver l'utilité et la puissance de notre Société. En effet, la bibliothèque populaire de Pont-Rousseau, bien qu'elle n'ait encore que quelques mois d'existence, compte aujourd'hui 130 adhérents ; elle possède 700 volumes, provenant soit de dons, soit d'achats ; elle a encaissé comme dons et cotisations la somme de 1,100 francs et, à l'heure où nous parlons, elle dispose encore d'un encaisse de 300 francs.

On voit qu'il s'agit ici d'une création appelée à rendre d'importants services et nous sommes heureux et fiers tout à la fois d'en avoir pris l'initiative et assuré le succès.

La présence d'une élection dans le 4e canton de Nantes et le voisinage des fêtes de Noël et du Nouvel an, durant lesquelles les esprits ont d'autres préoccupations que la politique, suspendirent pendant quelques semaines les travaux de votre commission. Vers le milieu de janvier, ils furent repris. Profitant d'une conférence organisée à Saint-Nazaire par la société *La Libre-Pensée*, notre secrétaire, qui y était présent et y prenait part, lança l'idée de la constitution d'un comité républicain à Saint-Nazaire. Cette idée fut acceptée par nos amis de cette ville, bien connus pour leurs sentiments républicains.

On verra plus loin quel chemin cette idée a fait depuis.

Le 17 février, sur la demande du comité républicain de Chantenay, MM. Normand et Champury firent une conférence dans cette localité, conférence qui eut pour résultat de renforcer le comité de Chantenay, jusqu'alors bien peu nombreux pour une commune aussi importante.

Pendant ce temps, l'idée qui avait été lancée à Saint-Nazaire de constituer dans cette ville un comité républicain faisait son chemin. Les organisateurs, tout en désirant conserver l'initiative de la fondation nouvelle, demandèrent le concours de la Société de propagande. M. Brunschvicg fut désigné comme orateur de la société. La conférence eût lieu le 1er avril ; elle réussit d'une manière toute particulière. M. Laisant, député de Nantes, qui est aussi l'un de nos sociétaires, la présida. Le résultat fut la constitution, dans la seconde ville du département, d'un comité d'une très grande importance, qui compte à l'heure qu'il est 118 adhérents et qui se propose de faire de la propagande, non-seulement à Saint-Nazaire même, mais aussi dans la région qui avoisine cette ville. Il a publié des statuts imprimés dont l'ex posé de principes témoigne d'une remarquable élévation de vues.

La fondation de ce comité est un fait considérable. Là encore nous pourrions dire que si nous n'avions à notre actif que la part que nous avons prise à cette fondation, cela suffirait à établir que nous n'avons pas perdu notre temps.

Jusque-là, vous le voyez, Messieurs, l'activité de votre commission n'avait pas été interrompue un seul instant et s'était traduite dans les faits par des résultats positifs dont plusieurs sont considérables. Cette activité vous paraîtrait bien plus grande encore si nous pouvions retracer ici tous les efforts tentés qui n'ont pu aboutir.

Malheureusement depuis le mois d'avril nous avons vu les obstacles se multiplier sur notre chemin et quoique la commission n'ait pas failli une minute à son devoir elle n'a pu obtenir des résultats aussi satisfaisants que ceux dont nous venons de vous entretenir.

Il est vraisemblable que nos adversaires, effrayés de l'étendue du terrain que nous avions gagné en si peu de temps, agirent à ce moment là de toutes leurs forces pour enrayer nos efforts. C'est la seule explication que l'on puisse donner à ce fait que, un peu partout, les hôteliers qui ont des salles disponibles nous les refusèrent et que plusieurs personnes notables sur le concours de qui nous comptions pour nous aider et nous soutenir dans les localités où nous n'avons pas encore de relations, nous lâchèrent. Cette simultanéité est trop frappante pour pouvoir être attribuée à un hasard.

Ces obstacles matériels ne nous permirent pas de donner à nos conférences le même éclat que précédemment, mais elles ne nous empêchèrent pas de continuer la lutte. A la Montagne une conférence fut donnée au profit de la bibliothèque populaire qui existe et prospère dans cette localité ; ce sont MM. Martin et Champury qui parlèrent dans cette circonstance. Plus récemment, à Saint-Jean-de Boiseau, à l'occasion de l'installation du buste de la République dans le nouvel Hôtel-de-Ville, deux de nos sociétaires, MM. Boquien et Champury prononcèrent des discours, le premier comme conseiller général du canton, le second comme délégué du bureau de votre commission. Vers le même temps à peu près, à Port-Saint-Père, localité où les républicains ne sont qu'un nombre infime, sur la demande d'un de nos sociétaires, M. Richard, notaire, une conférence fut donnée par M. Champury dans le but de constituer dans cette commune une bibliothèque populaire. Cette bibliothèque fonctionne à l'heure qu'il est. M. Richard a offert le premier fonds de livres, qui n'a pas tardé à s'accroître de dons, notamment un assez considérable de notre sociétaire, M. George Schwob.

Enfin plus récemment encore, le mois dernier, votre président prenait une part active à la conférence donnée à Couëron dans le but d'y créer un comité républicain, qui fonctionne aujourd'hui, et promet de rendre de sérieux services dans cette localité.

A l'approche du renouvellement partiel du

Conseil général, des difficultés d'un genre tout particulier se produisirent.

Notre Société qui entend ne pas être un comité électoral et qui désire ne pas faire double emploi avec les comités électoraux, se trouva fort embarrassée pour continuer, une fois la période électorale ouverte ou tout au moins imminente, son action dans les circonscriptions qui allaient être appelées aux urnes. En effet, convier à nos conférences les hommes qui posaient déjà ou pouvaient être appelés à poser leur candidature, c'eût été, aux yeux du public, faire nos conférences pour eux ; les en tenir écartés, c'eût été, du moins en apparence, faire campagne contre eux. Dans l'un comme dans l'autre cas, c'était empiéter sur le domaine des comités électoraux, mieux qualifiés que nous pour connaître les intérêts de leurs circonscriptions.

La commission a cru devoir laisser les comités électoraux absolument maîtres de la situation. Elle se résigna au silence, à l'inactivité. C'est par patriotisme qu'elle a cru devoir agir ainsi.

Du reste si, durant la période électorale, la commission n'est pas entrée dans la bataille en tant que commission, ses membres n'en ont pas moins agi individuellement et on les a trouvés sur la brèche le jour du combat.

Nous espérions pouvoir inscrire encore dans le compte-rendu que nous vous présentons, la conférence que nous préparons à Montoir pour la constitution dans cette localité d'un comité républicain et la fondation d'une bibliothèque populaire. Des circonstances indépendantes de notre volonté ont fait ajourner cette conférence au 28 octobre. Elle sera faite par M. Normand et M. Brunschvicg. La commission, dans sa dernière réunion, a voté une somme de 25 francs dont la valeur en volumes, jointe aux dons de quelques-uns de nos sociétaires, constituera le fonds de cette bibliothèque. Quant au comité républicain, les éléments existent dans cette commune, il suffit de les organiser.

La Commission est mue par deux considérations quand elle procède à la création de bibliothèques populaires, la première c'est que la cause de la République est si intimement liée à celle de l'instruction que travailler pour cette dernière c'est travailler pour la République; la seconde c'est que l'expérience a établi que l'existence d'une bibliothèque est une condition de durée pour un groupement en campagne. Il ne suffit pas qu'un groupe soit organisé pour qu'il travaille, il faut encore que ses adhérents aient des réunions suivies. La bibliothèque fournit aux sociétaires l'occasion de se rencontrer, de s'entretenir des questions du jour et par cela même de s'éclairer sur les intérêts politiques particuliers et sur ceux du pays en général. En outre, une fois les bibliothèques constituées, il est bien rare de les voir se dissoudre; elles représentent un capital à la propriété et à l'usage duquel on se résout difficilement à renoncer, surtout à la campagne. Il y a dans ce fait tout matériel une condition de longue existence qui

ne se rencontre pas au même degré dans les comités qui ne s'attachent à aucun capital.

Les bibliothèques populaires contribuent d'ailleurs, si les livres qui les composent sont bien choisis, à une propagande perpétuelle; elles sont comme un arsenal mis constamment à la disposition des républicains pour répondre aux attaques de leurs adversaires ou prendre l'offensive contre eux.

Votre Commission, Messieurs, aurait aimé à faire de la propagande par des imprimés, volumes, brochures, journaux, dans certaines localités trop petites ou situées trop à l'écart pour que la propagande par la parole y soit possible. Toutefois ces distributions gratuites, pour être profitables, ne doivent être faites qu'à bon escient. Ce serait gaspiller les fonds de la Société que distribuer des volumes, des brochures et des journaux sans être certains que ceux qui en bénéficieront en feront bon usage. C'est pourquoi la Commission n'a décidé jusqu'ici que deux distributions périodiques de journaux. Elles se font dans de petites localités du canton de Riaillé, situées très à l'écart, à raison de 22 exemplaires du *Petit Phare* par semaine.

Tels sont, Messieurs, les travaux extérieurs de votre Commission. Ses travaux intérieurs, quoique moins intéressants, méritent de vous être signalés.

La Commission n'avait pas seulement à répandre là où on ne les apprécie pas encore les principes qui nous sont chers, elle devait aussi veiller à la bonne organisation intérieure de la

Société, car une société n'est viable qu'à la condition d'être bien organisée. Ce travail fut considérable, car tout, absolument tout, était à faire. Au moment où nous sommes entrés en fonctions, il était impossible de connaître le nombre vrai de nos adhérents, car si l'addition des noms portés sur les listes originelles s'élevait à 468, on remarquait dans des listes différentes les mêmes noms recueillis plusieurs fois. Il fallut faire disparaître ces doubles emplois qui pouvaient induire en erreur, car une Société qui compterait sur plus de cotisations qu'elle n'en doit recevoir effectivement ne pourrait faire que fausse route. En effectuant ce travail on reconnaît que certains noms figuraient 3, 4 et jusqu'à 5 fois sur des listes différentes. Ailleurs des listes entières de noms recueillis dans la campagne par nos prédécesseurs ne portaient aucune adresse, aucun renseignement qui permit de savoir dans quelle localité les adhésions avaient été recueillies. Le recouvrement des cotisations de ces adhérents étant impossible, ces listes ont été écartées et le resteront jusqu'à ce qu'un hasard nous en révèle la provenance : c'est la seule manière sage d'agir.

Le classement des adhérents par localités dans la campagne et par quartiers dans la ville, joint à l'élimination des doubles emplois, prit un temps considérable, mais nous permit enfin de savoir à quoi nous en tenir. Plus de 150 noms répétés à tort sur les listes ont dû en être éliminés. Une quinzaine d'adhérents que nous savons être morts ou avoir quitté le pays sans laisser d'adresse plus 5 démissionnaires ont également été éliminés des listes originelles, qui se trouvèrent réduites ainsi à moins de 300 noms, 298. Grâce aux efforts de la commission et de quelques sociétaires, le nombre des adhérents inscrits à Nantes, s'est élevé à 480. C'est le chiffre arrêté à aujourd'hui, mais il ne donne pas le nombre de tous nos sociètaires, puisqu'il faut y ajouter celui des comités locaux que nous avons fondés ou entre lesquels nous avons établi comme un lien de solidarité.

Il y a des comités de l'une ou de l'autre catégorie à Saint-Nazaire, à Machecoul, à Couëron, a Vertou, à Doulon et à Chantenay, sans compter les deux bibliothèques populaires que nous avons fondées, l'une à Pont-Rousseau, l'autre à Port-Saint-Père et celle que nous fondons à Montoir. C'est plus de 600 républicains jusqu'alors disséminés que nous avons, dans le courant d'une seule année, réunis en groupes organisés. C'est peu relativement a l'énormité de ce qui reste à faire, c'est beaucoup étant donné les difficultés rencontrées et le peu de temps dont nous disposions.

Et maintenant, Messieurs, terminons par un acte de justice. La commission doit le reconnaître, et elle tient à le faire ouvertement, franchement, nettement, elle a été secondée dans tous ses travaux et d'une manière très active par les présidents et vice-présidents des comités radicaux de Nantes. Votre commission ayant arrêté en principe que tous les comités républicains du département avaient le droit de se faire représenter à ses travaux et d'y prendre part, les présidents des comités de Nantes lui ont apporté le précieux appui de leur activité. Le comité de Chantenay a suivi ce bon exemple et la correspondance témoigne que si les comités des autres communes n'ont pu agir de même, c'est leur éloignement seul qu'il faut en accuser.

Nous tenons à ce que la chose soit sue, car dans un certain camp on s'est plu à représenter la Société de propagande républicaine comme n'étant « qu'une coterie imaginée par la vanité des uns et l'ambition des autres. » L'exposé de nos travaux est la meilleure réponse qu'on puisse faire à cette injure. Quant à ceux qui ont cru nous discréditer en nous appelant « les commis-voyageurs de la Révolution, » nous n'avons qu'une chose à leur répondre, c'est que, bien loin de rougir de ce titre, bien loin d'en être confus ou accablés, nous sommes fiers, oui, fiers, entendez-vous, d'avoir été jusqu'ici, d'être aujourd'hui encore et de persister à être dans l'avenir les commis-voyageurs des grandes idées de liberté, d'égalité, de fraternité, lancées dans le monde par notre glorieuse Révolution de 1789. Oui, Messieurs les réactionnaires, malgré l'opposition que vous pouvez nous faire, malgré les injures ou les railleries que vous pouvez nous lancer, malgré les obstacles matériels que vous pouvez multiplier sous nos pas, nous poursuivrons notre œuvre de propagande, nous y persévérerons avec tant de zèle, avec tant de tenacité, avec un si profond sentiment de l'excellence de notre cause, avec une si inébranlable volonté de la faire réussir, que nous finirons par implanter les principes qui nous sont chers jusque dans les plus reculés de vos bourgs pourris.

M. Danais demande l'impression du rapport et son envoi à tous les sociétaires.

Cette proposition est appuyée par l'Assemblée.

M. Laubis, trésorier, donne lecture du rapport financier.

Nous analyserons ce document. Qu'il nous suffise pour le moment de dire qu'il constate :

1° Qu'il reste en caisse....	987 25
2° Qu'il reste à encaisser.	1.830
L'actif actuel de la Société est donc de............	2.817 25

M. le président offre ensuite la parole à qui la demandera, relativement aux travaux de la Commission.

Après quelques observations de part et d'autre, les travaux de la Commission sont approuvés.

Le scrutin est alors ouvert :

1° Pour le renouvellement réglementaire du tiers sortant de la Commission (5 membres, à élire pour 3 ans).

2° Pour le remplacement d'un membre démissionnaire, qui devait sortir en 1884.

3° Pour le remplacement de trois membres démissionnaires, qui devaient sortir en 1885.

Ont été nommés membres de la commission :

Pour trois ans.

MM. Labbé, professeur au Lycée.
Champury, membre sortant.
Sébire, négociant.
Berruyer, conseiller d'arrondissement.
Leconte, docteur-médecin.

Pour deux ans.

M. Jourdanne, membre sortant.
M. Frouard, professeur.
M. Gloux, membre sortant.

Pour un an.

M. Aliez, conseiller municipal de Nantes.

En conséquence, la commission se trouve constituéee aujourd'hui comme suit :

Membres sortant en 1884.

MM. Normand.
Martin.
Brunschvicg.
Fiolin.
Aliez.

Membres sortant en 1885.

MM. Colombel.
Jourdanne.
Frouard.
Gloux.
Laubis.

Membres sortant en 1886.

MM. Labbé.
Champury.
Sébire.
Berruyer.
Leconte.

La séance a été levée à 10 heures.

Nantes. — IMP. DU COMMERCE. — Rue Scribe, 6.

www.ingramcontent.com/pod-product-compliance
Ingram Content Group UK Ltd.
Pitfield, Milton Keynes, MK11 3LW, UK
UKHW022208190726
13855UKWH00004B/1674